LE LÉPREUX,

PAR

Léon Camayou,

ÉLÈVE DE RHÉTORIQUE

A l'École de Sorèze.

> Il n'est pas dans mon cœur
> Une fibre qui n'ait résonné sa douleur.
>
> *De Lamartine*, *Hymne à la douleur.*

DEUXIÈME ÉDITION.

CASTELNAUDARY,

LOUIS GROC, IMPRIMEUR-LIBRAIRE.

———

1834.

Le Lépreux.

LE LÉPREUX,

PAR

Léon Camayou,

ÉLÈVE DE RHÉTORIQUE

A l'École de Sorèze.

Il n'est pas dans mon cœur
Une fibre qui n'ait résonné sa douleur.

De Lamartine, Hymne à la douleur

DEUXIÈME ÉDITION.

———————

CASTELNAUDARY,

LOUIS GROC, IMPRIMEUR-LIBRAIRE.

———————

1834.

À la Mémoire

DE

LÉON GAMAYOU.

Ostendunt terris hunc tantùm fata.... *Virg.*

Le ciel n'a fait que le montrer à la terre.

Lorsque nous avons publié la première édition de cet ouvrage, il y aura bientôt quatre ans, le jeune auteur était encore assis sur les bancs de l'école de Sorèze. Nous cédions alors à un sentiment d'orgueil, bien naturel sans doute : nous devions être fier, en effet, d'avoir consacré quelques soins à un jeune homme qui donnait déjà des fruits à un âge où l'on ne donne ordinairement que des espérances ; nous cédions aussi au désir d'apprendre au public qu'il se formait dans l'ombre de notre école une de ces intelligences précoces, une de ces organisations fortes, dont la nature est si avare; et le *Lépreux* parut.

On admira d'abord tout ce qu'il y avait de vrai, de saisissant, de profond dans ce tableau, dans cette double action combinée de la souffrance morale et de la souffrance physique; on s'étonna des savantes études psycologiques que l'écrivain avait dû faire, avant d'analyser ainsi la douleur dans toutes ses convulsions. Puis, quand on vint à réfléchir que c'était l'ouvrage d'un jeune homme, et d'un jeune homme de 17 ans, on douta....

Ah! c'est que le public n'était pas dans le secret de cette intelligence supérieure, de cette organisation privilégiée; c'est qu'il n'avait pas sondé, comme nous, toutes les profondeurs de cette jeune tête, mesuré toute l'étendue de sa pensée. Mais quand il saura que cet infortuné jeune homme était infatigable au travail, que le repos était impossible à l'activité dévorante de son esprit, que la méditation l'a usé avant le temps, qu'il écrivait avec sa santé, avec sa vie, et qu'il les a laissées sur ces pages éloquentes, alors il croira.

Camayou n'est plus!....

Et nous, qui avons joui de ses succès, nous qui, en le donnant à la société, réalisions déjà par la pensée les rêves du plus brillant avenir, nous n'avons plus que des pleurs à répandre. La mort a tout détruit !

Une famille inconsolable, ne voulant pas laisser éteindre le souvenir de l'ouvrage dans lequel le jeune homme a versé toute la sensibilité de son cœur, nous a prié de donner quelques soins à une nouvelle édition du *Lépreux.* Nous remplissons aujourd'hui ce pénible devoir ; et, puisque nous avons connu l'auteur, que nous avons pu apprécier toutes les qualités de son cœur et de son esprit, nous croyons nous conformer aussi aux intentions de sa famille, en disant ce qu'il a été.

Léon Camayou est né à Castelnaudary, le 30 août 1813. Il étudia d'abord dans sa ville natale, puis à Carcassonne. Dès son enfance, il montra un goût très-vif pour l'étude. Une facilité rare, beaucoup d'esprit naturel, et surtout une maturité de raison très-précoce faisaient présager alors qu'il serait un jour un sujet distingué. Il fut orphelin de très-bonne heure. En

1819, il eut le malheur de perdre sa mère, à l'âge de 29 ans ; et son père, à peine âgé de 34 ans, lui fut enlevé l'année suivante. Après deux coups si cruels et si précipités, et auxquels l'enfant fut vivement sensible, Léon et son frère aîné reçurent les soins de leur tante, Mlle Antoinette Camayou, dont la tendresse vive et éclairée remplaça celle de leur mère. Quant à leur éducation, le soin en fut remis à M. Camayou, leur grand-père, et, plus tard, à M. Rouger, leur oncle et tuteur, homme recommandable, que le département de l'Aude a choisi pour un de ses représentans actuels à la chambre des députés.

Elève lui-même de l'école de Sorèze, il y plaça ses neveux en 1826. L'aîné, qui a laissé de profonds souvenirs dans cet établissement, est entré à l'école Polytechnique en 1831 ; le plus jeune, Léon, celui dont nous pleurons la perte, engagé déjà dans la voie d'études profondes, sérieuses, suivies, de ces études qui élargissent la sphère de l'intelligence, Léon ne s'en écarta jamais. Aussi ses succès furent étonnans : à 15 ans, il obtint le prix de Rhétorique ; à 16, celui de Philosophie ; à 17

ans ; celui d'Eloquence. C'est alors qu'il com-
posa le *Lépreux*.

Sa facilité était si grande , son aptitude
pour toutes les études sérieuses était telle , qu'il
trouvait encore le temps d'étudier les mathématiques avec succès. Il est même à présumer
que s'il eut passé alors ses examens , comme
c'était d'abord son intention et celle de sa famille , il eut pu être reçu à l'école Polytechnique ; sa supériorité était incontestable. C'est
nous qui engageâmes son tuteur à ne pas le
lancer dans la même carrière que son frère ,
et à donner à ses talens une autre direction.
Ce conseil fut écouté alors ; mais nous verrons
bientôt le jeune homme revenir , après deux
années d'interruption , à une étude qu'il n'avait
point abandonnée sans de vifs regrets.

Il est utile de faire connaître aux jeunes gens
quelle était sa manière de travailler.

Sa manière était celle des grands maîtres.
Voulait-il développer un sujet de longue haleine ?
Sa tête fermentait pendant plusieurs jours ;
c'était un combat long , un enfantement pénible. Puis, quand il avait arrêté ses principes ,
coordonné ses idées , jeté ses grandes divisions ,

il prenait la plume ; et la pensée sortait toute
formulée de sa tête. Bien différent en cela de
la plupart des écoliers qui laissent tomber leurs
idées pêle-mêle sur le papier, sans ordre, sans
méthode ; et dont la plume court souvent, que
la pensée n'est pas encore venue. Leur style ne
se compose ordinairement que de pièces rappor-
tées, de lambeaux de phrases, empruntés çà et
là, sans goût et sans choix ; espèces de mosaïques
incohérentes et bizarres. Le style de Camayou,
au contraire, est franc, complet, tout d'une
pièce, sans anomalie ; tout s'y tient, tout s'y
lie : c'est une chaîne où il n'y a pas un seul
anneau brisé. Son expression est simple, élé-
gante, toujours claire et correcte. Il ne se pas-
sionne pas pour quelques locutions à la mode ;
il ne cherche pas à faire un grand bruit avec les
mots, et, comme l'on dit, à voltiger sur la
phrase. La pensée est l'ame de son style ; elle
s'y montre toujours en saillie, et ne disparaît
jamais sous la transparence des mots.

Ces réflexions ne nous sont pas inspirées par
la seule lecture du *Lépreux* : cet ouvrage n'est
pas le seul, digne d'être connu, qu'ait laissé
Camayou. Nous conservons par-devers nous,

comme un trésor précieux, d'autres composi-
tions littéraires très-remarquables, que nous
publierons peut-être un jour.

*Ugolin et ses enfans dans la tour de la
faim*, est une composition fatale, convulsive,
effrayante de vérité, écrite avec une verve cruelle : c'est le cri du désespoir, un cri éloquent,
déchirant ! On voit que le jeune homme s'est
inspiré de la lecture du *Prisonnier de Chillon*,
de lord Byron, qui lui-même s'était inspiré de
la grande muse du Dante ;

Jean sans terre assassinant son neveu Arthur,
est un ouvrage qui appartient encore à cette même
famille. Le jeune auteur a jeté les couleurs
sombres, à pleine palette, sur ce drame terrible
où, comme dans *les Enfans d'Edouard*, l'in-
nocence et la faiblesse sont constamment aux
prises avec l'ambition et la cruauté, et finissent
par succomber. La scène du dénoûment n'est
pas inférieure peut-être à la dernière entrevue
d'Othello et de Desdémona dans Shakespeare.

Mais si l'on veut se faire une idée complète
de sa manière large, hardie, vigoureuse, il faut
lire *ses discours*. C'est là surtout qu'il fait preuve
d'une force étonnante de conception, d'un esprit

juste et méthodique, et d'une grande profondeur de raisonnement. Le discours *sur la lecture des romans*, dont il n'a composé que vingt pages, est, sans contredit, le morceau le plus remarquable qui soit sorti de la plume de cet infortuné jeune homme.

Nous croyons devoir rappeler que ces ouvrages et une foule d'autres ont été faits sur les bancs de l'école.

Les qualités de son cœur ne le cédaient point à celles de son esprit. Affectueux envers ses maîtres, il recevait leurs conseils avec déférence, et se montrait reconnaissant des soins qu'on lui donnait. Ses condisciples peuvent dire aussi qu'il fut toujours bon camarade, excellent ami, qu'il ne tira point vanité de ses succès, et qu'il n'a jamais laissé percer le plus léger sentiment d'orgueil ni de jalousie. Ses parens, son frère surtout, pourront révéler tout ce qu'il y avait de simplicité dans ses goûts, de vivacité dans ses affections, de facilité dans son caractère, d'abandon et de charme dans ses relations.

Sa sensibilité ne devait rien à l'art ; elle avait son foyer dans le cœur ; nous n'en citerons qu'un exemple. Le jour qu'il quitta l'école, il avait

pressé ses amis dans ses bras, échangé les paroles
d'adieu avec ses camarades; et cette séparation
cruelle avait brisé son cœur. Tout à coup il nous
dit : « Oh ! venez; j'ai encore un ami à saluer,
» et un ami bien cher ! » Arrivé à sa chambre,
il se met à fondre en larmes : « Que de nuits,
» disait-il, que de nuits j'ai passées ici sans dor-
» mir ! Que de pensées sont venues m'assaillir
» sur ma couche brûlante ! » Et ses sanglots
redoublaient, et il touchait, il baisait les murs
de sa cellule. Son exaltation ne peut se décrire.

Camayou a quitté l'école de Sorèze aux va-
cances de l'année 1830; et, deux mois après,
accompagné de son tuteur, il est parti pour
Paris, afin d'y suivre les cours de l'école de
droit. Il paraît qu'il trouva d'abord beaucoup
de sécheresse et d'ennui dans cette étude, car
il nous écrivait, peu de mois après son arrivée :
« On croit assez généralement que la science du
» droit demande peu de temps et de travail ;
» c'est une erreur. J'ai étudié quelque temps
» les mathématiques; et bien, je vous assure
» que cette étude est beaucoup plus facile que
» celle du droit. Dans les mathématiques, tout
» se lie, tout s'enchaîne; on est guidé par l'a-

» nalogie, et le raisonnement fait presque tout.
» Dans le droit, au contraire, ce sont des choses
» isolées, sans rapport entre elles, affaire de
» mémoire ou de routine, où le raisonnement
» n'est qu'accessoire. » Et il ajoute plus bas :
« Je sais bien qu'une science, ingrate au pre-
» mier coup d'œil, peut devenir intéressante
» dans les différentes applications qu'on en peut
» faire. D'ailleurs, l'étude du droit est trop
» utile, pour que je puisse me laisser décourager
» par cette espèce d'aridité. »

On retrouve là sa prédilection pour l'étude
des mathématiques qu'il avait quittée avec peine,
et qu'il ne tarda pas à reprendre. En effet, au
mois d'octobre 1832, il entra à l'école prépara-
toire de M. Bourdon, dont il fut un des élèves
les plus distingués ; et tout faisait espérer qu'il
serait reçu, à la fin de l'année, à l'école Polytechnique, lorsque la maladie, à laquelle il a
succombé, vint le surprendre dans ses travaux,
et détruire toutes les espérances. Il essaya bien,
pendant quelque temps, de lutter contre la
violence du mal ; il voulut même subir ses examens ; mais ses forces ne lui permirent pas de
les terminer ; et il partit pour Castelnaudary,

où il arriva, le 18 août, mourant, exténué par les fatigues du voyage, et par la maladie qui avait fait des progrès effrayans.

Les moyens de salut n'existaient déjà plus pour lui ; car il n'était pas possible de s'abuser sur les symptômes du mal. Lui seul se faisait encore illusion ; il ne croyait pas qu'il fut atteint d'une maladie mortelle, et l'espoir de guérir ne l'abandonna jamais. Il disait souvent : « Je crois » que je serai forcé de renoncer au travail ; la » faiblesse de ma santé ne me permet plus » d'étudier. Alors, je m'adonnerai à l'agricul-» ture ; ce genre d'occupation me sera bon. Les » hommes me blâmeront peut-être de renoncer » à la gloire ; mais les charmes de l'amitié et les » douceurs d'une vie tranquille me dédommage-» ront. Je suis né avec des goûts simples ; quel-» ques livres suffisent pour mon bonheur...... »

Il portait la mort dans son sein, et il pensait à l'avenir. C'est que les rêves ne manquent au cœur de l'homme, que lorsqu'il a cessé de battre !

L'intérêt qu'il inspirait était général. Les personnes même, qui ne le connaissaient que par la lecture du *Lépreux*, lui témoignaient la plus vive sollicitude. Lorsque sa bonne tante lui en

parlait, il répondait naïvement : « Comment
» peut-on s'occuper de moi, je ne suis qu'un
» enfant ! »

Malgré ses vives souffrances, la bonté de son
cœur le portait constamment à s'occuper des
autres, et lui faisait un instant oublier ses maux.
Il avait toujours quelque chose d'affectueux à
dire aux personnes qui lui donnaient des soins,
comme s'il eut voulu les en dédommager.

Mais la maladie avait pris un caractère déses-
pérant. Les sources de la vie étaient taries, les
ressorts du corps étaient usés ; son cœur allait
cesser de battre. En présence de sa famille et
de ses amis, rassemblés autour de son lit, et
fondant en larmes, il reçut les secours de la
religion ; et, après avoir conservé, jusqu'au
dernier moment, une pleine connaissance, il
rendit à Dieu l'ame pure et grande qu'il en avait
reçue.

Léon Camayou est mort à Castelnaudary, le
24 octobre 1833, à l'âge de 20 ans et deux mois.

Ainsi, de tant de talents, de tant d'avenir,
de tant de jeunesse, que nous reste-t-il aujour-
d'hui ? Rien. Jeunesse, talents, avenir, la tombe
a tout dévoré ! Hélas ! à voir la figure pâle de

ce jeune homme, son front plissé par la réflexion, son corps délicat, il était aisé de reconnaître que sa grande ame souffrait, qu'elle étouffait sous cette frêle enveloppe. Puis, les hommes de cette trempe vivent plus vîte que nous : Camayou était vieux à vingt ans !....

Infortuné jeune homme ! Tu as passé comme un météore brillant ; mais tu as laissé après toi un sillon lumineux ; ton ouvrage te survivra. Les ames sensibles aimeront à relire ce tableau de douleur, que tu as tracé avec tant d'éloquence. Peut-être verseront-elles quelques larmes sur toi, en pensant que tu es mort si jeune ! Tes parens et tes amis conserveront éternellement au fond de leur cœur, comme dans un sanctuaire, le souvenir de tes talents et de tes vertus. Et nous, qui te devons les jouissances les plus douces et les plus pures qu'un maître puisse éprouver, nous redirons long-temps encore à nos élèves et ton nom, et tes ouvrages ! Maintenant il faut nous séparer : adieu, Camayou ; adieu !....

(Note du Professeur.)

LE LÉPREUX.

I.

J'écris au bord de la tombe ; la douleur et la souffrance l'ont creusée avant le temps. Je ne suis pas encore vieux ; et cependant mes cheveux sont blanchis, mon front est ridé. Ah ! je suis vieux de chagrins et de malheurs ! L'infortune porte ses rides aussi-bien que la vieillesse.....

Mais pourquoi réveiller ma douleur assoupie? Pourquoi rouvrir des plaies à peine fermées? Qu'ai-je besoin de retracer ces scènes de douleur et de désespoir? Ne sont-elles pas assez profondément gravées dans mon souvenir?.. Ce n'est pas pour moi que j'écris. Pour qui donc? Pour personne peut-être!... Cependant, (il est si aisé de se faire illusion sur ce que l'on désire!) je ne sais quel espoir se glisse, malgré moi, dans mon ame. Un jour, on viendra visiter la chaumière du pauvre lépreux, quand il ne sera plus; on lira, ne serait-ce que par curiosité, le récit de ses malheurs, et l'on finira par le plaindre. Oui, je connais les hommes; ils ne sont méchans que par égoïsme. S'ils m'ont haï, s'ils m'ont persécuté, c'était par crainte, plutôt que par aversion; ils me fuyaient, comme on fuit un reptile venimeux. Mais lorsque la tombe aura enseveli à la fois et mon corps et ma lèpre, quand ils n'auront plus rien à craindre de moi, alors peut-être ils me plaindront. Ils me plaindront, oui, je l'espère, et cette idée me console. Ah ! si toute ma vie j'ai été l'objet de leur horreur, au moins qu'après ma mort je sois celui de leur pitié !

———

J'ai été malheureux, bien malheureux; je le suis encore. Je suis du nombre de ces êtres privilégiés que le malheur marque en naissant de son doigt de fer, et qu'il ne se lasse pas de poursuivre. Mes maux ne sont pas de la

nature des autres maux ; ma douleur
n'a pas été de ces douleurs qui s'effa-
cent, qui s'oublient, de ces blessures
qui se cicatrisent ; mes souffrances, de
ces souffrances d'un moment, qui n'at-
taquent qu'une partie. Mon corps, mon
esprit, mon cœur, tout a souffert,
tout souffre, tout souffrira, jusqu'à
ce que la mort..... La mort !.... Ah !
malheureux celui qui n'a de consol-
lation à espérer que de la mort !

De quelque côté que je porte mes regards, je ne vois que douleur, souffrance, abandon. Tout me paraît
sombre, tout me paraît noir ; le passé
comme le présent, le présent comme
l'avenir. Dans cet océan de douleurs
qu'on appelle *vie*, pas un seul point
d'appui pour reposer agréablement ma
pensée, pas un souvenir pour me

distraire, pas d'espoir pour me consoler. Je ne vois partout qu'écueils, que précipices. Le passé, c'est un rocher funeste, hérissé de pierres aiguës, où je ne puis me reposer qu'en me déchirant; l'avenir, c'est un tourbillon, un gouffre, où je crains de m'engloutir.

Et cependant, comme tant d'autres, j'avais osé croire au bonheur. Il fut un temps, où je me berçais d'espérances, où j'aimais d'aller de rêve en rêve, d'illusion en illusion, où toutes mes pensées tendaient vers un bonheur imaginaire, qui, de loin, comme un brillant mirage, séduisait mes yeux enchantés. Mais ces beaux rêves n'ont duré qu'un moment; ils se sont dissipés, comme une vapeur légère au premier souffle de l'aquilon; ils se sont enfuis avec la rapidité de l'éclair. L'horrible réalité les a chassés devant elle. A mon réveil, elle m'a paru d'autant plus affreuse, que je m'y attendais moins.

Je suis né parmi les hommes ; j'ai vécu quelque temps parmi eux. Voilà peut-être les seuls momens où le malheur ait semblé m'épargner. Le barbare ! ce n'était que par un raffinement de cruauté. Il voulait me laisser entrevoir, comme à travers une gaze légère, l'image séduisante du bonheur , pour me jouer ensuite plus amèrement. Peut-être, semblable au sacrificateur inhumain, voulait-il laisser croître et

embellir sa victime, pour la rendre
plus digne du sacrifice?

Mais alors, malheureux que j'étais!
je ne savais pas apprécier mon bonheur, le bonheur de vivre avec mes
semblables. Je ne sentais pas combien
la société de l'homme est nécessaire à
l'homme, combien la solitude est
affreuse. C'est ici, à l'école du malheur, dans cette vallée de larmes, que
j'ai appris ce que tant d'autres ignorent
toute leur vie. O fatalité! faut-il donc
que je n'aie su apprécier mon bonheur, que lorsqu'il s'était enfui loin de
moi pour jamais! Au reste, c'est là le
sort de la plupart des hommes.

Enfant alors, j'étais comme les enfans, distrait, léger, étourdi; pensant
à tout, et ne pensant à rien; livré à

des idées de rien, à des pensées d'un
moment, qui se succédaient ou se
croisaient rapidement dans mon esprit,
mais sans aucun ordre, tristes ou gaies,
badines ou sérieuses selon l'occasion;
pensant toujours à ce que j'avais vu, à
ce qui m'avait frappé, un beau cheval,
un équipage brillant; occupé du plaisir
de la veille ou de celui du lendemain;
toujours de l'avenir ou du passé, jamais
du présent. Insensé que j'étais! au lieu
de me laisser aller à des rêves bizarres,
que ne pensais-je à vivre? Que ne me
pressais-je de jouir? Le temps de mon
bonheur devait être si court!

Mon cœur, quoique léger, était
loin cependant d'être insensible : il y
avait une place pour l'amitié. Elle
n'était, chez moi, ni froide, ni calculée;

non, je n'ai jamais aimé ainsi. Quand j'aimais, c'était avec transport, c'était du fond du cœur. Mais parmi cette foule d'hommes frivoles qui se disaient mes amis, combien y en avait-il dont les sentimens répondissent aux miens?.. Et où sont-ils maintenant ces amis d'un jour, ces amis d'un moment?.... Heureux peut-être au milieu des hommes, tout occupés d'eux-mêmes et de leurs plaisirs, ils ont oublié mon nom et mon existence. Semblables à ces acteurs de théâtre, tant que j'ai joué mon rôle d'homme, ils ont joué celui d'amis; et lorsque le théâtre du monde m'a été fermé pour jamais, alors changeant seulement de masque et de scène, ils ont porté ailleurs leur cœur et leurs amitiés.

Avec quelle froide horreur ils m'a-

bandonnèrent, quand ils me virent
horrible et défiguré par la lèpre!
J'avoue que j'étais hideux à voir, et
même repoussant; et qu'en me regar-
dant à une glace, j'eus horreur de
moi-même. Mais pas un sentiment de
pitié dans leur cœur, pas une larme
dans leurs yeux! Les ingrats, ils auraient dû me plaindre!... Mais dans ce
moment, ils ne voyaient pas en moi
leur ami, et plusieurs même leur bien-
faiteur. Je n'étais plus pour eux qu'un
être odieux et funeste, je n'étais plus
qu'un lépreux.

Encore, s'ils s'étaient contentés de
m'abandonner, j'aurais pu me consoler
de leur abandon. S'ils m'avaient laissé
consumer mon existence dans ma patrie, dans la maison de ma famille,
j'aurais supporté ma souffrance avec

plus de courage. J'avais là tous les souvenirs de mon enfance, le lit de mort de mon père, celui de ma mère; ce ne sont pas des amis sans doute, mais du moins ce n'était pas la solitude. C'eût été des sujets de distraction, des moyens de varier ma douleur, de calmer ma souffrance.

Mais non; leur sûreté exigeait qu'entre eux et moi toute communication fût interrompue...

Et bien donc, que ne muraient-ils les portes? que n'élevaient-ils les murs de mon jardin aussi haut qu'ils l'auraient voulu, pourvu qu'ils me laissassent la vue du ciel et du soleil! Qu'ils m'en sevelissent ainsi dans mon tombeau, qu'avaient-ils encore à craindre de moi?

Ce n'était pas assez; l'air que je

respirais pouvait être contagieux ; il importait de m'écarter. Ils invoquèrent les lois ; et les lois, toujours justes, ordonnèrent mon exil. Le bien public, disaient-elles, doit passer avant le bonheur d'un seul homme. Le bien public ! voilà leur refrain continuel. Mais qu'est-ce donc que ce bien public, auquel elles sacrifient le bonheur de chaque homme en particulier ?

La solitude, la lèpre, l'horreur du genre humain, n'est-ce pas assez de maux pour un seul homme ? Fallait-il encore y ajouter l'exil, et un exil éternel !...

Je sortis de ma ville natale. En jetant un dernier regard sur ces vieilles murailles, mon cœur se serra péniblement. Cependant je ne pleurai pas... Je n'y laissais pas d'ami.

Ma sœur était avec moi, aussi atta-
quée de la lèpre. C'était pitié de la
voir si jeune, si douce, si belle, (car
l'horrible mal avait respecté sa figure)
de la voir victime de cette maladie
affreuse; forcée de renoncer au monde,
au plaisir, au bonheur, elle qui avait
tant de raison de l'espérer ; chassée
avec horreur du milieu des hommes,
elle qui méritait leur amour. Ma sœur!
Je crois encore la voir. Je crois voir sa
jolie bouche, son teint blanc, ses cheveux blonds comme la moisson jau-
nissante, ses grands yeux bleus, aussi
purs que l'azur du beau ciel de ma
patrie. Ses yeux ! c'était le miroir de

son ame, le miroir de toutes les vertus !... Ils la virent cependant, et leur
cœur ne fut point ému ; ils la virent,
et ils osèrent la condamner à l'exil et
à la misère. Tant il est vrai que devant
l'intérêt et l'égoïsme tout se tait,
jusqu'à la pitié !

Nous marchions en silence. Ma sœur
avait l'air triste et découragé. Je l'étais
autant qu'elle, mais je tâchais de le
cacher. Cependant j'avais peine à fein-
dre la fermeté, car ma tête était trou-
blée, et mon cœur abattu. Je voulais
la consoler, mais j'avais trop besoin
de consolations pour en donner moi-
même; je voulais lui parler, mais je
ne savais ni que dire, ni comment le
dire. Ce fut elle qui me prévint :

— « Mon frère, me dit-elle d'une
» voix faible, où allons-nous ? »

Cette question était bien simple ,
bien naturelle de sa part, cependant
je ne l'avais pas prévue, tant j'étais
troublé ; et je fus embarrassé pour
répondre. Comment lui dire où nous
allions ?.. Eh ! le savais-je moi-même ?

Elle s'aperçut de mon trouble,
et ses craintes redoublèrent. Elle se
tut ; je me tus aussi, et nous restâmes
quelque temps sans rien dire. Ce fut
encore elle qui reprit la parole :

— « Il y avait, me dit-elle, à
» Turin, un hospice pour les malades ;
» y en aurait-il quelque part pour les
» lépreux ? »

— « Non, lui répondis-je ; la
» pitié des hommes ne s'étend pas
» jusques-là. Un hospice pour les lé-

» preux !... Et où trouverait-on un
» homme assez courageux , ou plutôt
» assez téméraire pour se charger de
» cette tâche ? »

Ces paroles achevèrent de la décourager. Je vis ses yeux se gonfler peu-à-
peu , et des larmes grosses et pénibles
roulèrent sur ses joues. La vue de ces
larmes me fendit le cœur :

    « Ne pleure pas , Marie , je t'en con-
» jure , lui dis-je , en la serrant dans
» mes bras , ne pleure pas; tes larmes
» me font du mal. Ne te décourage pas
» ainsi. Si tous les hommes t'abandon-
» nent, il te reste encore Dieu et mon
» bras. Vois-tu ce bras ? Il est jeune ,
» mais non pas énervé; il ne craint pas
» le travail , il saura te défendre et te
» nourrir. Quant à notre demeure ,
» qu'importe le lieu? Nous serons tou-

» jours bien, pourvu que ce soit loin
» des hommes... » Je le pensais alors;
depuis ce temps, j'ai changé de sentiment.

Notre voyage fut long, triste et
pénible, comme celui de deux misérables exilés. Nous eûmes également
à supporter la fatigue et la faim ; car
les paysans des montagnes, effrayés
à mon aspect, s'enfuyaient comme
devant un monstre ; et le peu de pain
que je parvenais à leur arracher, je l'a-
chetais au poids de l'or. Mais ces maux
n'étaient rien, rien près des tourmens
qui nous attendaient ici.

On s'étonnera peut-être que j'aie pu
choisir cet horrible lieu pour ma demeure. En vérité, ce n'était pas un
séjour bien propre à attirer des habitans.

Une vallée étroite, nue, stérile, sans
habitation, sans verdure! La chaumière que j'habite, le jardin qui l'en-
toure, ces arbres qui l'ombragent, rien
de tout cela n'existait alors. Cette
chaumière est l'ouvrage de mes mains;
ce jardin, c'est moi qui l'ai travaillé;
je l'ai souvent arrosé de mes sueurs
et de mes larmes. Ces arbres, c'est moi-
même qui les ai plantés. Depuis que je
traîne en ces lieux ma misère et ma
souffrance, ils ont eu le temps de
croître, plusieurs même de mourir...
Alors tout était triste, tout était désert;
ce n'était que ronces, que rochers,
torrens ou précipices. Mais la nécessité
est impérieuse : quand elle commande,
il faut obéir.

Le peu d'argent que nous apportions
touchait à sa fin; ces misérables mon-

tagnards nous l'arrachaient sans pitié.
Il fallait songer à vivre, et nous n'avions
rien à attendre de la commisération
des hommes. Ma sœur était fatiguée
et souffrante; elle pouvait à peine se
soutenir; et je craignais, si nous con-
tinuions à marcher, de la voir expirer
de lassitude. Moi-même d'ailleurs je
désirais de m'arrêter. Ce spectacle de
désolation n'était pas sans attraits pour
moi; il était en harmonie avec l'état
de mon ame. Et puis, je voulais vivre
loin des hommes, pouvais-je mieux
choisir? « Ici du moins ils ne viendront
» pas nous tourmenter, me dis-je, et
» nous nous y fixâmes. »

Depuis ce temps, je n'ai pas cessé
de souffrir. Tous mes jours ont été

des jours de douleur et d'amertume.
Quand je porte mes regards sur le passé, sur cette chaîne non interrompue
de malheurs, dont peut-être encore
je ne touche pas le dernier anneau,
alors mon cœur est abattu et consterné;
je me sens comme accablé du poids
de mon infortune. Et cependant, je
veux les retracer ici, ces maux dont
le souvenir me fait frissonner. En aurai-
je la force et le courage ? Réussirai-je
jamais à peindre tout ce que j'ai éprou-
vé, tout ce que j'ai souffert ? Ce sont
de ces choses qui se sentent, mais qui
ne peuvent s'exprimer. La douleur et
la souffrance ne se rendent point par
des paroles. Il faudrait que ce papier
insensible pût répéter mes gémissemens
douloureux et mes cris déchirans.... Et
puis, me comprendront-ils ceux qui

me liront, si jamais on me lit? Pour
apprécier mes malheurs, il faudrait
les avoir sentis; il faudrait avoir enduré
ce que j'ai enduré; il faudrait avoir
passé, comme moi, trente ans d'enfer
dans ce désert sauvage; il faudrait être
lépreux; oui, il n'y a qu'un lépreux
qui puisse me comprendre.

Eh! savent-ils ce que c'est que solitude, ceux qui passent leur vie au
milieu des hommes et des plaisirs? Ah!
qu'ils se gardent bien de se laisser sé-
duire par ces portraits enchanteurs
qu'en font les poètes, par ces agréables
mensonges que je me plaisais à lire
dans mon enfance! Non, non, la solitude absolue n'est point un bonheur.
Loin de là; malheur à celui qui s'y voit
condamné! Le trouble, l'agitation,

les soucis du monde sont préférables
à ce vide affreux que laisse la solitude.
Être toujours seul, souffrir seul, dé-
vorer sa douleur sans que personne au
monde la partage, sans que personne
en sache même rien, voilà le destin
d'un solitaire, voilà mon destin depuis
long-temps! Oui, j'ai souffert, et personne ne m'a plaint; j'ai gémi, personne ne m'a consolé; j'ai versé des
larmes amères, personne ne les a essu-
yées. Le vent seul venait les sécher
quelquefois; l'écho répétait quelques-
uns de mes cris plaintifs; mais le vent
n'était que du vent, l'écho n'était qu'un
son; aucun être sensible ne partageait
ma douleur.

Ah! du moins, si, après une journée
entière de tourmens, le sommeil avait

eu pitié de moi ; si la souffrance avait
pu m'accabler au point de me faire
endormir de lassitude ! Si j'avais pu
dormir, ce n'eût été souffrir qu'à demi.
Mais non ; tous les tourmens du jour,
quelqu'horribles qu'ils fussent, n'é-
taient rien auprès de ceux qui m'attendaient la nuit. On eût dit que la
souffrance réservait pour ce moment
ses aiguillons les plus envenimés. Pendant que tout dormait dans le monde,
que chacun oubliait ses soucis dans
un sommeil tranquille, ou retrouvait
son bonheur dans ses rêves, je veillais
ici, et je veillais pour souffrir. L'insomnie et la lèpre étaient debout près
de mon lit, comme deux fantômes
sinistres. Ces deux furies infernales,
armées de fouets et de serpens, frap-
paient, déchiraient mon corps, sans

pitié comme sans relâche. Et moi,
je criais, je hurlais, comme le malheureux qu'on torture ; je me roulais
avec fureur sur ma couche, et cette
agitation violente, ce frottement de
mes plaies contre ces draps grossiers,
en rendaient les douleurs plus aiguës.
Alors je me faisais violence ; j'essayais
de me roidir contre la douleur, et
de demeurer tranquille; je fermais l'œil
comme pour dormir, et je m'efforçais
de souffrir un moment en silence;
impossible ! Ces souffrances étaient si
violentes !!... Mes nerfs irrités par la
douleur se refusaient à cet état de
calme ; mes mouvemens devenaient
convulsifs, mes tourmens plus affreux,
mes cris plus horribles et plus déchirans. Ce supplice de damné se pro-
longeait toute la nuit avec une égale

intensité. Et ces nuits s'écoulaient, non
point par heures rapides, comme celles
que l'on passe en fêtes et en danses ;
mais lentement, minute par minute,
seconde par seconde, goutte à goutte ,
comme un poison dont chacune brûle
et dévore.

Qui pouvait donc encore m'attacher
à une vie si douloureuse et si misérable ? Quels attraits pouvait-elle m'of-
frir ? Que ne m'empressais-je plutôt de
la terminer ! Je me serais épargné bien
des chagrins , bien des larmes , bien
des souffrances. Mais ma sœur, ma
pauvre sœur, qu'aurait-elle fait sans
moi ? Qui l'aurait nourrie ? Qui l'aurait
protégée ? Voilà ce qui me retenait
encore sur la terre ; voilà ce qui me
forçait à vivre. Mais j'avoue que , sans

cette idée, j'eusse préféré une mort
prompte à cette agonie pénible de trente
ans, dont j'attends encore la fin ; et,
dans ces momens de crises violentes,
où la douleur égarait mes esprits, mon
bras guidé par la rage aurait frappé
de lui-même.

Mais un espoir que je me plaisais
à nourrir, un espoir bien doux à mon
cœur, allégeait ma souffrance, et fortifiait mon courage. La lèpre n'avait
attaqué que la poitrine de ma sœur :
c'était une belle rose que le ver ron-
geur n'avait fait que toucher, et j'espérais encore la voir briller sur sa tige.
Quel bonheur pour moi, si j'avais
vu ma sœur guérie ! Il n'y avait que
cette pensée capable de me faire braver
la souffrance ; mais aussi, avec elle,
avec l'espoir de voir ma sœur heureuse

un jour, j'en eusse supporté de plus horribles encore ; je l'aimais tant !

Cependant je me repentis alors d'avoir vécu un seul instant auprès d'elle ; je me reprochai comme un crime, comme un fratricide, toutes ces caresses dont mon imprudente amitié l'accablait, tous ces baisers que ma bouche impure lui avait si souvent prodigués. Mais je ne devais pas me contenter d'un repentir stérile : un sacrifice pénible était nécessaire ; je m'y soumis, non sans peine, mais du moins avec résignation : « Oui, me dis-je, » je ne la verrai plus, quoiqu'il doive » m'en coûter ; je me priverai de cette » vue, dont mes yeux et mon cœur » étaient si avides. Quel effort péni- » ble !... Puisse-t-il du moins expier » une faute, grave sans doute, mais

» bien pardonnable , puisque l'amitié
» l'a causée ! » Je tins ma promesse,
et depuis ce moment , je ne l'ai plus
revue , je ne l'ai plus touchée.... qu'à
son lit de mort.

Mais ne pressons pas cet instant
funeste; il arrivera assez tôt. Ah ! je
sens qu'à ce triste souvenir mes plaies
se rouvrent, et mon cœur se déchire.
Silence , ô ma douleur ! Encore un
moment ; tu auras bientôt assez de
temps , assez de sujets pour pleurer et
gémir. Laisse encore , à travers ton
nuage sombre , percer les derniers
éclairs du bonheur ; avant cette époque
douloureuse , j'ai encore quelques
beaux momens à passer.

J'étais donc décidé à me séparer de
ma sœur ; mais une séparation entière

était au-dessus de mes forces ; je n'aurais
jamais eu le courage d'y consentir ; et ,
si mes yeux pouvaient se passer de la
voir , mes oreilles ne pouvaient renoncer à l'entendre ; mon cœur avait besoin
de la sentir près de moi. L'amitié est
ingénieuse comme l'amour ; voici ce
qu'elle me suggéra.

Notre cellule était assez vaste. Au
moyen d'une cloison , je la divisai en
deux appartemens , l'un pour Marie,
l'autre pour moi. J'y pratiquai une
porte, afin que ma bonne sœur pût ,
au besoin , compter sur mes secours.
Cette porte ne s'est ouverte qu'une fois ;
depuis lors , personne ne l'a plus refer-
mée !....

Chaque appartement avait sa porte
sur le jardin. Au pied du mur , dans
l'intervalle qui les séparait, s'élevait une

haie épaisse de houblons qui traversait le jardin et s'étendait jusqu'à l'extré- mité ; de sorte que nous pouvions , ma sœur et moi , parcourir chacun notre portion de jardin , sans jamais nous rencontrer. Cependant ma promenade favorite était le long de la haie : c'était dans le sentier étroit qui la bordait que j'aimais à porter mes pas , et à traîner ma douleur. Je préférais ce lieu à tout autre , parce qu'il me rapprochait de Marie ; j'aimais beaucoup à m'en rap- procher. Elle pouvait passer , m'enten- dre , me parler , et c'était un grand soulagement pour mon ame fatiguée de solitude. Elle aussi y venait sou- vent, et paraissait s'y plaire. Peut-être, du moins j'aime à le croire , était-elle attirée par le même sentiment qui m'entraînait moi-même !

Je m'y rendais presque toujours le premier : elle ne tardait pas à venir. J'entendais le bruit léger de ses pas, semblable au frémissement des feuilles agitées par le zéphir ; et ce bruit agréable, en frappant mes oreilles, faisait tressaillir mon cœur. Je l'attendais, immobile et en silence, les yeux fixés sur la haie épaisse, comme si je pouvais la voir au travers. Elle arrivait enfin ; alors nous nous promenions ensemble, chacun de notre côté, sans nous voir ; mais nous nous parlions, et nos paroles n'étaient ni légères, ni futiles : c'était toujours le langage de la pitié et de la consolation. Je consolais ma sœur, ma sœur me consolait, et nous soulagions nos maux en les partageant.

C'est là que je venais tous les jours,

le matin au lever du soleil , le soir à son coucher. C'était là que je retrouvais le calme, après une nuit d'agitation et d'insomnie ; le repos et le délassement , après une journée de travail et de fatigue. Ma bonne Marie savait également adoucir mes peines , et m'aider à supporter le travail avec patience. Sa voix était douce et insinuante , comme celle d'un ange de consolation; il sortait de sa bouche , il se mêlait à toutes ses paroles je ne sais quel baume consolateur qui calmait et cicatrisait pour un moment mes blessures , un esprit vivifiant qui excitait et fortifiait mon courage. Elle m'exhortait à la résignation , et l'exemple se joignait à la parole. Ce n'était plus cet enfant faible et timide que je rassurais autrefois , et dont j'avais si souvent essuyé les

larmes. C'était maintenant une âme
calme et ferme ; un modèle de résignation que j'admirais, et que je cherchais
à imiter. Comment donc s'était opéré
ce passage subit de la faiblesse à la
force ? Ah! c'est que ma sœur, plus
sage que la plupart des hommes,
n'avait pas cherché un appui dans elle-
même ; elle connaissait sa faiblesse,
et elle avait appelé à son aide un pro-
tecteur puissant, qui ne refusa jamais
ses consolations à l'infortuné qui l'in-
voque, Dieu et la religion. Forte de
cet appui, Marie se mettait au-dessus
de ses malheurs. Semblable au lierre
flexible, dont les rameaux faibles et
pliants ne pourraient se soutenir par
eux-mêmes, mais qui, une fois entrela-
cés au tronc nerveux du chêne ou de
l'ormeau, en acquièrent la force, et

peuvent en assurance braver les vents
et les tempêtes.

Et moi aussi, je me sentais, de jour
en jour, plus calme et plus résigné. Les
conseils et l'exemple de ma sœur fruc-
tifiaient dans mon ame, et la rendaient
meilleure. Un grand changement s'o-
pérait dans tout mon être, et je ne me
sentais plus le même homme. Je commençais à envisager mon état avec plus
de sang froid, et mon malheur me
semblait diminué. Les souffrances
physiques elles-mêmes avaient perdu
un peu de leur violence ; la lèpre adou-
cissait ses tortures ; mon sang était
moins brûlant et moins agité ; les fiè-
vres dévorantes de la nuit se calmaient
peu-à-peu, et le sommeil commençait
à me sourire. Tant l'état de l'ame a
d'influence sur celui du corps !

Et tout cela était l'ouvrage de ma sœur! Aussi comme je l'en remerciais! Comme je m'efforçais de l'en récompenser par mes soins et mes prévenances empressés, par ces attentions délicates que l'amitié seule suggère, comme elle est seule capable de les sentir! Avec quelle ferveur je priais Dieu pour elle, et qu'ils étaient ardents les vœux que je faisais pour sa conservation! J'espérais que ce Dieu si bon et si juste, qu'elle me représentait sans cesse comme l'appui du malheureux et le consolateur de l'affligé, aurait pitié de moi et ne rejetterait pas ma prière. Eh! pouvait-il me refuser? J'avais tant de droits à sa miséricorde; j'étais innocent et infortuné. Voilà ce que me répétait sans cesse mon ame avide d'espérance; et moi, je me laissais aller

à cette voix séduisante, et j'espérais
encore. Oh ! qu'il est facile à l'homme
de s'aveugler sur ce qui le touche ! Que
ses sentimens sont quelquefois incon-
cevables, et que ses rêves sont bizarres !
Concevra-t-on que l'espoir ait pu encore trouver place dans un cœur trompé
déjà d'une manière si cruelle ; qu'il ait
pu habiter un seul instant dans cet
horrible lieu souillé par mon aspect
impur, dans l'asile de la douleur, de
la souffrance et de l'insomnie ? Concevra-t-on qu'un lépreux, le rebut du
monde, accablé sous le poids de l'horreur du genre humain, ait osé rêver
encore au bonheur ? Le bonheur avec
la lèpre, quel rêve !

Et cependant, je sens que mon
espoir n'était pas tout-à-fait chimé-
rique, et que ma sœur aurait pu le

réaliser. Ah ! si Dieu avait laissé auprès
de moi cet ange consolateur qu'il
m'avait accordé dans sa bonté, le calme
serait entré tout-à-fait dans mon ame,
et j'aurais fini par devenir heureux.
Déjà même je commençais à l'être, car
l'amitié de ma sœur me consolait de
tout, me faisait oublier tout, jusqu'à
la lèpre dont j'étais couvert, jusqu'à
l'horreur du monde qui pesait sur moi.
Marie m'aimait et me plaignait, que
m'importait le reste des hommes ?
Entr'eux et moi, tout lien était rompu.
Ils m'avaient renié pour leur frère, je
devais aussi les renier pour les miens ;
ils m'avaient voué leur malédiction,
et moi je leur rendais.... non pas haine
pour haine; la religion m'avait enseigné
une vengeance plus noble : oui, non
content d'oublier le mal que m'avaient

fait les hommes , je me sentais encore capable de leur pardonner.

Pardonne-moi donc aussi , ò lecteur sensible, si je m'étends avec complaisance sur l'époque de mon bonheur ; mais il est plus doux de chanter que de gémir ; et puisque ce sont là les seuls beaux souvenirs où puisse se retremper ma mémoire flétrie par l'infortune , permets du moins que je m'y repose un moment, afin de reprendre haleine ; car c'est dans ce moment surtout que j'ai besoin de toute ma force et de tout mon courage. Tous ces maux , dont ta curiosité te fait peut-être attendre le récit avec impatience, m'épouvantent et m'accablent ; j'hésite à les retracer , parce qu'ils vont renouveler et aigrir mes blessures : ce sont autant de flèches empoisonnées , autant de dards aigus et recourbés que j'arrache avec effort de mon cœur encore saignant , et que je vais y replonger moi-même pour le déchirer. Tes larmes , si tu en verses , seront douces et faciles , comme celles que la pitié fait couler ; les miennes seront amères et pénibles ; ce seront de ces larmes de sang que la douleur arrache , de ces larmes rares , mais qui déchirent, mais qui tuent. N'importe ; le sacrifice est commencé , qu'il se consomme !

II.

II.

ELLE n'est plus, ma pauvre Marie!
Hélas! ce n'est que trop certain, quoique, dans mon désespoir, j'aie cherché
quelquefois à en douter. Elle n'est plus!
Il y a même long-temps, si j'en juge
par ce que m'ont paru ces années éter-
nelles, dont j'ai perdu le nombre, mais

que j'ai trouvées si longues de temps, d'ennuis et de souffrances. Elle a passé, parce que son sort était de passer, comme tout ce qui est mortel; elle m'a abandonné, parce qu'il faut que tout m'abandonne; parce que je suis un être isolé, un objet d'horreur et de malédiction, destiné à souffrir seul et sans partage, à m'abreuver moi-même de mes propres larmes.

Elle m'a laissé seul, sans appui, sans consolation, sans autres compagnes que la douleur et la souffrance, sans autre ami que cette solitude inanimée, dont je me suis créé *un être*, à force de la considérer comme n'étant rien, comme un vide absolu, comme le plus grand mal que puisse craindre l'homme. Maintenant, (car je me sens plus froid et plus tranquille), ce nom a perdu un peu de son horreur; je m'y suis fait avec le temps, comme je me suis fait aux larmes, à la douleur, à la lèpre. Fatigué d'être seul, j'ai été, dans mon imagination malade, jusqu'à personnifier la solitude; et maintenant, quand je prononce ce mot, je me figure quelque chose, l'ange de ce désert, le témoin de mes longues souffrances, de mon supplice prolongé, cet écho compatissant qui a toujours pleuré, crié, hurlé avec moi; et, avec cette idée, je ne me trouve pas aussi isolé. Faut-il que le besoin d'aimer soit tellement irrésistible, que, repoussé par tout ce qui existe, j'aie été me faire un ami de la solitude !....

Mais je sens trop que mon imagination divague, et que, malgré moi, je m'écarte de mon but. Malheureux! tu cherches bien à éloigner l'instant fatal : au bord de l'abîme, le cœur te manque, ton courage se glace.....

En effet, le cœur me manque.... Je n'hésiterais pas tant à me précipiter dans un gouffre. O Marie ! ma pauvre Marie ! Te voir mourir encore une fois ! Dieux ! n'était-ce pas assez de la première ?

C'était un soir d'automne, je me le rappelle bien ; car toutes les circonstances de cet événement fatal se présentent à mon esprit avec une singulière fidélité. Elles y sont gravées par la main du malheur. Oh ! c'est un des grands fléaux de l'infortune que la mémoire ! Les souvenirs riants, les souvenirs de joie et de plaisir, s'il en est pour le malheureux, passent rapidement, et

ne font qu'effleurer ; ils se présentent
en masse, comme s'ils craignaient de
faire durer l'impression du bonheur.
C'est un bouquet de fleurs qui passe
exhalant un vague mélange de parfums,
mais dont aucun ne frappe, et qu'on
oublie l'instant d'après. Les souvenirs
de douleur, au contraire, viennent un
à un, chacun avec son caractère particulier, mais tous aigus et amers ; ils
se succèdent lentement, afin que chacun ait le temps de déchirer, et de faire
savourer son fiel à loisir.

Le soleil penchait vers son déclin ;
le vent du soir soufflait à travers les
feuilles sèches, qui tombaient les unes
sur les autres dans un triste silence.
C'est une chose assez singulière ; mais
il m'a toujours semblé, depuis ce mo-

ment, que la nature avait alors un aspect plus sombre qu'à l'ordinaire. Peut-être est-ce un effet de mon imagination frappée? Elle ne peut concevoir que le jour qui m'a arraché tout ce que j'avais de cher au monde, soit un jour comme les autres. On dit que le malheur rend superstitieux.

Le soleil, caché derrière des nuages blanchâtres, était pâle et sans chaleur; sa lumière, près de s'éteindre, ressemblait au dernier éclair qui jaillit de l'œil d'un mourant.

Je me promenais, à mon ordinaire, le long de mon sentier favori. D'un côté, la haie de houblons; de l'autre, une allée de platanes. L'aspect de cet arbre est triste en automne; ses feuilles sont des premières à jaunir et à tomber : « Plus heureuses que tant d'autres, me

» disais-je à moi-même , elles ne voient
» que les beaux jours !..... »

Et je continuais à marcher, à pas
lents, livré à des idées de tristesse, mais
qui n'étaient pas sans charmes pour
moi; car, après les secousses violentes
du cœur, après les tortures de la lèpre,
la mélancolie est un état de calme; c'est
presque du bonheur. Tout ce qui m'en-
tourait semblait m'inviter à cette tristesse rêveuse. L'automne est la saison
du malheureux; alors du moins il se
sent à sa place; car la nature entière
est l'écho de sa douleur : tous deux ils
semblent pleurer ce qu'ils ont perdu.

Cependant ma sœur ne venait pas....

A cette idée, mon cœur se troubla ;
je frémis , un pressentiment affreux....
Je l'étouffai avec fureur, comme on
étouffe le serpent prêt à mordre; je

4

cherchai à expliquer ce retard , et
j'appelai l'illusion à mon secours. L'illusion ! voilà bien l'homme. Le malheureux ! il cherche toujours à se
cacher, à s'entourer d'illusion , comme
si la réalité , l'affreuse réalité n'était
pas là pour dissiper le prestige.

L'agitation avait précipité mes pas ;
je voulais détruire l'impression funeste
que j'avais reçue , et je portais mes
regards de tous les côtés pour me distraire ; mais alors je voyais tout avec
les yeux de mon ame frappée , et le
tableau me parut rembruni. Je retrouvais partout les idées que je voulais fuir.
Je fixais le soleil , il était couvert d'un
triste voile de nuages pâles : ça et là
seulement quelques points sombres ;
c'était la couleur d'un linceul taché de
noir. Ces arbres, avec leurs branches

noires et dépouillées, ressemblaient à des squelettes ; je foulais aux pieds les feuilles, c'était des choses mortes. Partout des idées de deuil, de mort, de destruction !

J'étais effrayé ; mon inquiétude était à son comble. « Oh ! m'écriai-je, com-» me cherchant à sortir d'un songe » pénible, la réalité, quelle qu'elle soit, » plutôt qu'une incertitude si déchi-» rante ! » Et, précipitant mes pas, je courus vers notre chaumière.

Il était presque nuit dans l'intérieur ; le jour y pénétrait à peine, car j'avais eu soin de l'entourer d'arbres de tous côtés, pour me cacher aux yeux des hommes dont j'étais l'horreur. Oh ! que n'aurais-je pas donné en ce moment, pour entendre un peu de bruit, le plus

faible, le plus insignifiant en apparen-
ce !... Il n'y avait qu'un seul être vivant,
à qui je pusse l'attribuer. Je prêtai l'o-
reille ;... rien, rien.... ; c'était le silence
d'un caveau, ce silence qui épouvante
et qui glace !... Debout, immobile, je
ne respirais plus.

Il dura quelques instans cet état pénible, milieu effrayant entre la vie et
la mort : image de l'une par l'immobi-
lité physique ; de l'autre, par l'inquiétude déchirante de l'esprit. Je n'y tenais
plus..... Tout-à-coup un faible son de
voix humaine..... C'était mon nom !...
C'était sa voix !... Je laisse échapper un
cri, le premier de ce genre depuis long-
temps ; et mon cœur comprimé se
dilata.... Quel moment ! Non, non, on
ne meurt pas d'un saisissement de joie.

Mais comme il s'évanouit ce senti-

ment passager de délire , à l'aspect du
cadavre de ma pauvre sœur! Je puis
bien dire cadavre, car ce qui lui restait
de force et de vie suffisait à peine pour
la faire mouvoir. Tout son corps était
ravagé par la lèpre; et sur son visage
était déjà imprimé le sceau de la mort.
C'était une chose effrayante que cette
figure pâle sur un fond noir !

A cette vue, je demeurai consterné.
La transition était rapide et violente.
Quelles secousses! Il y avait là de quoi
tuer un homme, et moi je leur résistai;
c'était jouer de malheur.

Quand je la vis en cet état, je sentis
bien que c'en était fait d'elle. Dans mon
désespoir, emporté par un mouvement
frénétique, je me précipitai sur ma
sœur, je l'accablai de caresses, je la
dévorai de baisers. C'eût été un spec-

tacle, horrible pour des yeux étrangers,
que celui de deux êtres hideux, dont
l'approche seule épouvante, confon-
dant ainsi leur souffle et leur lèpre!....
Pour nous, il avait ses délices. Alors
nous nous dédommagions avec volup-
té d'une pénible contrainte de plusieurs
années; nous nous hâtions de consacrer
à ce dernier plaisir le peu d'instans que
nous laissait la mort avare et jalouse.

Marie prit la parole et me dit : « O
» mon ami, ô mon frère, je sens que
» ta vue m'a fait du bien; elle m'a ra-
» nimée; elle retardera le terme de
» quelques instans. Ah! puisqu'il me
» reste encore un peu de force, sortons
» d'ici, je t'en conjure. Vois-tu comme
» tout est sombre, comme tout est
» noir? Ce lieu ressemble à un cachot;

» mourir dans un cachot! Cela sent le
» crime, et..... »

— « Et le cœur de Marie n'a jamais
» connu le mal, m'écriai-je en la pres-
» sant sur mon sein. »

— « Puisse-t-il juger comme toi,
» celui dont j'entendrai bientôt la
» sentence ! »

Elle sembla se recueillir un moment
dans cette idée, puis tout-à-coup : « Ne
» perdons pas de temps, me dit-elle ;
» l'heure n'est pas loin. Je veux voir
» encore le soleil, le soleil d'aujour-
» d'hui avant qu'il se couche; celui de
» demain ne luira plus pour moi. Je
» veux revoir mon jardin, le berceau
» de chèvre-feuille que tu me cons-
» truisis toi-même, au commencement
» de notre séjour, où j'aimais à m'en-
» dormir à l'ombre pendant les grandes

» chaleurs de l'été, où je venais tous
» les jours prier Dieu pour mon mal-
» heureux frère..... »

Elle se leva à ces mots, et essaya de
marcher ; mais se sentant trop faible :
« Il faudra que tu m'y portes, dit-
» elle ; » et, après un moment de silence, elle ajouta : « C'est la dernière peine
» que ta pauvre sœur te donne. »

Elle appelait cela une peine ! Porter
ma sœur dans mes bras, une peine !
Avec un tel fardeau, j'eusse été le plus
heureux des hommes, sans une idée
amère, accablante, qui se mêlait à
toutes mes sensations, comme un poison mortel ; que je voyais écrite sur le
front pâle de ma sœur, et qui me
répétait à chaque pas ; « c'est dans sa
» tombe que tu la portes. »

Nous sortîmes. Après avoir fait quelques pas dans le jardin, ma sœur me pria de la reposer sur l'herbe. Elle s'assit près d'une fleur, seule vivante et fraîche au milieu d'autres fleurs mortes ou flétries. Elle la prit dans sa main, et me la présenta en disant : « Cette fleur » ne devait pas être cueillie sitôt, je la » conservais pour le jour de ta fête.... » Cette idée l'attrista ; elle versa des larmes au souvenir de ces époques délicieuses de notre enfance, qui se présentaient à son esprit brillantes et variées, au milieu de ces jours tranquilles, comme des fleurs répandues çà et là sur un tapis uni de verdure. Je pensais aussi à cette époque, mais à l'époque à venir ; et mon œil était sec.

Pour le jour de ma fête, disait-elle!... Que ce mot *fête*, ce mot de joie et de

folie sonne mal à côté de *solitude*,
insomnie, *lèpre* ! Il y avait donc des
jours de fête, parmi ces jours de douleur et de misère ! Oui, sans doute ;
du moins, ils en portaient le nom :
mais ils n'étaient consacrés ni à la joie,
ni aux plaisirs, ni aux festins; nous les
passions comme les autres, à souffrir.

Et puis ce mot *fête* dans sa bouche,
et dans un pareil moment ; lorsque la
tombe était là, ouverte, impatiente de
se refermer sur sa proie !.... En effet,
je conçois que ce fut une fête pour
elle : passer d'une terre d'exil et de larmes dans les bras de l'Éternel, au sein
du bonheur, et d'un bonheur sans
nuage, sans bornes, sans fin. Mais moi,
moi misérable, qui la voyais mourante
sous mes yeux, forcé de lui survivre,
condamné à fatiguer sa tombe de mes

cris de douleur, à me traîner dans l'abjection et dans la misère, comme un
ver dans la fange, toujours seul, vil
aux yeux des hommes, abhorré de ceux
qui me connaissaient, ignoré de tout
le reste !.... Avec cette horrible perspec-
tive devant moi, pouvais-je entendre,
sans frémir, ce mot *fête*, ce mot d'une
ironie poignante ?

Ce n'est pas là l'effet que ma bonne,
mon excellente sœur attendait de ses
paroles. Elle ne croyait pas blesser mon
cœur, en me montrant son ame ai-
mante et délicate. Mais la disposition
d'esprit où j'étais donnait un caractère
d'aigreur aux mots les plus doux, aux
idées les plus tendres. Il est des
malades pour qui le miel lui-même
est amer.

Nous continuâmes à marcher. Ma
sœur ne voulut pas que je la portasse
dans mes bras, et elle préféra se traîner en s'appuyant sur mon épaule.
Elle voulait, près de le quitter, faire
ses adieux au monde, c'est-à-dire, à
son jardin : pour nous, l'univers ne
s'étendait pas plus loin. Elle s'arrêtait à
tout moment; un arbre, une plante,
une source d'eau claire attirait ses
regards; elle voulait tout voir, elle
examinait tout avec la curiosité à la
fois minutieuse et touchante de l'exilé,
prêt à quitter pour jamais la maison
de ses pères, et les champs où s'écoulaient ses jours paisibles. Marie sans
doute ne retrouvait en ces lieux aucun
souvenir de ce genre; mais quoi! n'y-
a-t-il que le bonheur qui attache? Et
n'a-t-on jamais vu de malheureux

captifs, sortant de leur cachot, verser des larmes d'attendrissement sur cette même dalle que mouillèrent si souvent les larmes amères du désespoir?

Arrivés au berceau de chèvre-feuille, nous nous arrêtâmes. Elle jeta dans l'intérieur un regard d'adieu, puis s'assit, ou plutôt se laissa tomber sur un banc de gazon, fatiguée, hors d'haleine. En effet, c'était un effort pénible pour elle, dans cet état de faiblesse et d'épuisement. Cependant elle sembla se ranimer tout-à-coup; et élevant les yeux et les mains : « Je crai-
» gnais de ne pouvoir y arriver, mais
» j'y suis; et me voilà contente. Ici
» du moins, ce sera à la face de Dieu
» et de ses anges, et mon ame s'envo-
» lera plus libre; ils s'empresseront de

» la recevoir au milieu de leurs chœurs
» triomphans, ils la porteront jusqu'au
» sein du Seigneur avec des chants
» d'allégresse. »

Et son regard brillait; l'espérance
avait ranimé ses traits, et fait jaillir
une étincelle de vie de cette froide
image de la mort. Alors encore elle me
parut belle, belle comme la vertu
triomphant du malheur. Mais bientôt
l'humilité chrétienne vint réprimer ce
mouvement de satisfaction, si naturel
à une conscience pure et tranquille; ses
yeux se baissèrent vers la terre, et elle
sembla rougir de son orgueil. De son
orgueil !.... Si elle appelait ce sentiment
de l'orgueil, qui donc encore osera se
croire juste parmi les hommes ?

Ses traits reprirent aussitôt leur expression d'abattement. Elle était encore

de ce monde.; c'est assez dire qu'il y
avait dans son cœur une place pour la
douleur. Elle était triste, mais sans
pouvoir se rendre compte de sa tristesse ; elle allait jouir, et cependant elle
avait des regrets.

Je me souviens qu'elle était tournée
vers l'occident. Le soleil, près de se
coucher, avait réussi à se dégager de
son voile de nuages, et jetait un dernier
éclat, mais si faible, qu'il permettait à
l'œil de l'homme de le fixer : « Vois cet
» astre, me dit-elle? Sur le midi, ses
» rayons étaient éblouissans ; main-
» tenant il a perdu son éclat et ses
» feux. C'est comme moi; autrefois
» mes yeux avaient aussi de l'éclat et
» du feu, ma figure était brillante de
» jeunesse et de bonheur ; maintenant

» mon regard est terne, mon visage
» est pâle de la couleur d'un cadavre.....
» D'ici à quelques instans, ce globe de
» feu va s'éteindre ; ma vie ne tardera
» pas. Mais demain, il se levera radieux
» et vivifiant ; les lieux qu'il éclairait
» hier, demain encore il les éclairera.
» Et moi, tous ces objets qui m'envi-
« ronnent, et que le malheur et l'isole-
» ment m'avaient rendus chers, c'est
» la dernière fois qu'il m'est permis de
» les regarder, car mes yeux une fois
» fermés ne se rouvriront plus à la
» lumière !

    » Quand je cesserai de te voir, ce
» sera donc pour jamais !.... Pour ja-
» mais ! oh ! non, sans doute ; n'im-
» porte, cette idée de séparation est
» affreuse..... Oh ! que Dieu serait bon,
» s'il nous laissait mourir ensemble !

» Quel bonheur pour tous deux, n'est-
» ce pas? de fuir dégagés de ce corps
» impur, loin d'une terre où nous
» avons tant souffert, toi surtout! Tes
» longues souffrances nous ouvriraient
» la porte du ciel, car le malheur est
» un titre à la clémence de Dieu. Tous
» deux réunis au milieu de sa cour
» céleste, nous chanterions ses lou-
» anges; et, comme le pauvre Lazare
» de l'Évangile, nous ferions envier
» notre bonheur aux riches et aux
» heureux de la terre.

» Mais hélas ! ce n'est qu'un rêve....
» un beau rêve sans doute! Le Seigneur
» en a disposé autrement; que sa sainte
» volonté s'accomplisse! Eh bien! je
» partirai seule; seule, je me présen-
» terai à son tribunal redoutable; et,
» s'il daigne me recevoir au nombre de

» ses élus, il me verra sans cesse pros-
» ternée au pied de son trône; il en-
» tendra les prières de son humble
» servante; et toutes ces prières seront
» pour toi, afin qu'il te délivre au
» plutôt de tes peines, et qu'il t'appelle
» à lui. En attendant, sois résigné, et
» ne murmure jamais contre ses décrets.
» Surtout quelque grands que soient
» tes maux et ton dégoût de la vie,
» garde-toi d'attenter à tes jours, car le
» suicide est en horreur à Dieu.

   » Mais l'instant approche; prions, ô
» mon frère, prions, afin que le juge
» suprême jette sur moi un regard
» favorable, et qu'il ne me traite pas
» selon toute la rigueur de sa justice. »

   Je tombai à genoux, les mains
jointes, et le visage caché dans mes
mains. Je priai long-temps avec foi,

avec ame, avec ferveur, comme je
n'avais jamais prié. C'était la prière la
plus agréable à Dieu, celle du cœur.
Plus éloquente que toutes les autres,
elle s'exprimait par des soupirs, des
larmes, des sanglots. Oui, je pleurais,
je sanglotais; dans ce moment encore
j'étais plus attendri qu'affligé.

Mais quand je me relevai, elle était
sans mouvement, les yeux fermés, et
pâle à faire peur. Je devais bien m'y attendre; et cependant cette vue produisit
sur moi l'effet de quelque chose de fatal
et d'imprévu. Je poussai un cri d'angois-
se, et je me précipitai sur ce cadavre. Je
le pressais avec force contre mon sein
palpitant, je l'embrassais avec fureur,
essayant de le ranimer par mon haleine
brûlante; j'appelais à grand cris: Marie!
Marie! Comme si j'espérais la réveiller

de ce sommeil profond. Et puis encore
des baisers, des caresses, des cris ! Il y
avait dans tous ces mouvemens de ma
tendresse ardente de quoi vivifier une
statue de marbre, et le cadavre était
toujours froid et glacé ; et mes cris se
perdaient dans la nuit et dans le
silence.

Alors le désespoir farouche et sombre
entra dans mon ame ; la source de mes
larmes fut tarie, et mon œil se trouva
sec. Je me relevai, frémissant de mon
impuissance, et je fis quelques pas dans
l'ombre ; puis tout-à-coup je m'arrêtai.... Mes mouvemens devenaient de
plus en plus rares ; de temps à autre,
quelques cris sourds, inarticulés, des
gestes convulsifs... Au bout de quelques
instans, j'étais tout-à-fait immobile,
seul au milieu des ténèbres, aussi mort

physiquement que le cadavre étendu près de moi : mais sous cette enveloppe insensible, mon ame était au supplice.

« Morte! » m'écriai-je avec ce cri concentré de l'homme qui rêve péni-
» blement; morte !.. » Et cette idée roulait dans ma tête, travaillait mon cerveau, me déchirait le cœur....

« Oh ! non, disais-je en souriant, elle
» n'est pas morte, c'est impossible; elle
» vient de s'endormir... Dors, ma bonne
» Marie, dors; j'attendrai ton réveil, et
» nous nous promènerons ensemble, et
» tu adouciras ma souffrance, et tu me
» liras encore ce passage de l'Evangile
» où il est dit : bienheureux ceux qui
» pleurent, parce qu'ils seront conso-
» lés!...O mon bon ange, il est impossi-
» ble que tu aies songé à me quitter !
» Eh! qui veux-tu qui m'aime et qui me

» plaigne, si tu m'abandonnes ?... »
Tout-à-coup je crus entendre comme
des éclats de rire qui s'éloignent ; je
vis un fantôme de la forme d'un sque-
lette, comme on a coutume de repré-
senter la mort. Son doigt décharné me
montra un cadavre avec un geste atroce
d'ironie.... C'était lui !... Celui de ma
sœur ! Alors le rêve cessa ; mes cheveux
se dressèrent ; je suai froid, et tombai dans une espèce de stupeur. Mais
c'était toujours un état de malaise, un
état pénible, insupportable.

Combien dura-t-il ? Je l'ignore. Seulement, lorsque je revins à moi, la nuit
paraissait assez avancée, et la lune
brillait à travers les branches des arbres. Le premier objet qui frappa mes
regards, fut ma pauvre sœur, morte,
immobile, les mains jointes, dans l'at-

titude de la prière. C'est alors qu'envi-
sageant l'immensité de ma perte et mon
triste avenir, je fus étourdi de ce coup,
et demeurai comme accablé sous un
poids énorme. Mes genoux ployèrent,
je me sentais défaillir. Ah! si la mort
avait eu pitié de moi! Mais non; mon
destin ennemi voulut que je résistasse
à cette épreuve.... Je ne pus mourir.

Cependant il me restait un dernier
devoir à remplir, c'était d'ensevelir sa
dépouille mortelle : tàche sacrée, mais
pénible et déchirante; car, quoique
déjà bien séparés par la mort, il m'en
coûtait d'élever entre son cadavre et
moi cette barrière dernière et insur-
montable. N'importe; je l'accomplis.
C'est moi qui creusai la fosse, qui
construisis la bière, qui jetai à la tombe

sa victime. Le bruit sourd que fit le cercueil en tombant retentit douloureusement au fond de mon cœur.

La cérémonie de ses funérailles fut simple et sans appareil ; n'ayant que Dieu pour témoin, l'astre des nuits pour cierge funèbre, et pour prêtre, pour ami, pour assistans, moi, moi, dont la douleur à elle seule était plus grande et plus profonde que toutes les douleurs réunies du convoi de l'homme du monde. Je voulus essayer de réciter les prières des morts ; mais la voix me manqua, et ma langue resta comme paralysée par la douleur. Je me contentai de prier mentalement ; et couvrant le cercueil de terre, je me retirai de cette scène de désespoir, en silence et le cœur navré.

Mais les larmes se sont amassées sur mon cœur. Permets, ô toi qui me lis et me plains, que j'aille me soulager un moment, en les versant sur sa tombe. Maintenant du moins, je puis pleurer. C'est une consolation qui m'a été long-temps refusée.

III.

III.

Je me suis dit une fois : si tu étais au
moment de naître, et qu'il te fallût choisir du néant ou de la vie, que pren-
drais-tu ? Le néant ?... Cette idée seule
m'épouvante ; je me figure un gouffre
vide, immense, sans fonds, où règnent
un sommeil , un silence mille fois

plus absolus que le sommeil et le silence
de la mort ; une nuit, près de laquelle
la nuit la plus obscure brillerait comme
un beau jour ; qui engloutit et ne revo-
mit plus ; et si j'y plonge, à l'instant je me
dissous, je tombe en poussière ; ou
plutôt je deviens *vide*, rien, moins que
rien. Etre moins que rien ! oh ! non,
jamais !...

Et pourtant, quand j'essaie de
porter mes regards sur cette série épou-
vantable d'années, de mois, de jours,
qui se sont succédé depuis la mort de
ma pauvre sœur, jours de larmes ou
d'ennuis, jours de misère, uniformes
comme les vagues grisâtres d'une mer
orageuse, horizon enveloppé de nuages
sombres, à travers lesquels n'a jamais
brillé un rayon de joie ; solitude profonde et silencieuse, que rien n'a inter-

rompue, si ce n'est une seule fois le rire insultant du bonheur, pour me narguer.... Alors l'idée de l'anéantissement ne m'effraie plus; je l'envisage en souriant.

Lorsqu'au lit de mort de Marie, je jetais les yeux sur mon avenir, je me le représentais affreux, et cependant, j'étais resté au-dessous de la réalité. En approchant mes lèvres de cette coupe empoisonnée, je ne concevais pas toute l'amertume du breuvage.

Il semble cependant qu'après le coup qui venait de me frapper, mon cœur n'avait plus de blessure à recevoir, et qu'il devait demeurer insensible; je me trompais.

Eh quoi! voir expirer sous ses yeux un ami, une sœur, en qui reposait tout votre espoir, toute votre consolation, la seule qui pût vous dire : *je t'aime* ; la voir qui vous abandonne, et ne pouvoir la suivre ; sentir son cœur froissé, toutes les fibres rompues avec douleur.... Il y a donc quelque chose au-delà !....

Oui, la solitude.

La solitude !.... Mais c'est une chose qu'on ne concevra jamais, si on ne l'a pas sentie.

Je m'adresse donc à vous, malheureux captifs, morts anticipés, languissant dans vos cachots obscurs ; vous m'entendrez peut-être : vous aussi vous avez vu passer devant vos yeux fatigués, cette succession lente de momens qui se traînent ; vous avez connu ce silence, cet isolement accablant, où la tête, fatiguée de penser, pense malgré elle, et se repaît de son ennui et de son dégoût; vous avez senti tous ces tourmens, et le malheur vous a laissés encore au dessous de moi. Vous ne voyez pas la lumière, dites-vous; et moi, je la fuyais, je la détestais. Mais du moins vous ne passez pas un jour sans voir un homme, un de vos semblables; vous pouvez entrevoir sa figure à travers la grille de votre cachot. Qu'importe, après tout, qu'elle soit dure et sinistre? C'est toujours une figure humaine. Ah! que la vue d'un geôlier m'eut été douce!

Et il y a des hommes, qui osent se dire malheureux pour des misères; pour un peu d'argent, une place perdus, une infidélité de maîtresse! Vraiment leurs cris me font pitié. Je crois entendre des enfans sangloter pour une poupée.

Celui-ci pleure un ami perdu, et se croit le plus infortuné des hommes. Loin de moi l'idée d'insulter à sa douleur. S'il pleure sincèrement, il est trop rare parmi les hommes, pour ne pas mériter compassion et respect; je voudrais plutôt essayer de le consoler, en lui montrant qu'il est encore un état, auprès duquel le sien est du bonheur.

Et moi aussi j'avais un ami, digne de ce nom sacré, que tant d'autres profanent; un ami plus rare et plus précieux que tous ces amis du monde. Ce n'était pas le vil motif de l'intérêt qui l'attachait à moi. (Qui osera en dire autant parmi les hommes?) Nous tenions l'un à l'autre par le double lien du sang et du malheur.

Et il m'a été ravi, lorsque sa présence et son appui m'étaient le plus nécessaires, quand je commençais à m'enivrer de ses consolations. Seul j'ai continué cette route nue, escarpée, solitaire, sans abri pour me reposer, sans fontaine pour me rafraîchir, sans but certain pour m'encourager.

Et je l'ai pleuré long-temps, et beaucoup; mes yeux lui ont donné toutes leurs larmes, mon cœur tous ses sanglots. Son image était nuit et jour devant mes yeux, afin que le sentiment de sa perte fût sans intervalle et sans relâche. Quand je dormais, ma douleur ne sommeillait pas; je la retrouvais dans mes rêves.

Cette époque de ma vie a été triste
et douloureuse; croira-t-on que dans
la suite j'aie été réduit à la regretter ?
Alors sans doute les journées se passaient en regrets, en gémissemens;
mais du moins elles passaient.

Eh bien ! la douleur elle-même s'est
fatiguée d'habiter avec moi; elle s'est
enfuie, et m'a laissé seul, absolument
seul. Je me suis trouvé tout étrange,
dans cet état de délaissement complet.

Jusqu'à ce moment, le souvenir de
ma sœur avait absorbé toutes mes
pensées; alors j'ai pu jeter un regard
sur moi-même, et le coup d'œil a été
effrayant. Sur mon corps, *la lèpre ;*
celle-là est fidèle du moins, elle ne
m'abandonne jamais. Au-dedans, faiblesse et découragement, incapacité de
la moindre vertu, haine des hommes,

et (l'entendrez-vous sans frémir ?)
haine de Dieu ! oui, dans mon désespoir, j'avais osé blasphémer le nom de
Dieu, qui m'avait enlevé Marie, sans
égard pour mes prières, sans pitié pour
mon malheur. L'Éternel voulut venger
son nom blasphémé; il me livra à
moi-même.

Je n'étais donc plus qu'un monstre,
un être dégénéré parmi les hommes,
dont je n'osais plus me dire le semblable. J'eus honte de l'état d'abjection
où j'étais tombé, et je me cachai. Il
m'est arrivé souvent de passer des
journées entières, étendu à terre, dans
un coin obscur de ma cellule, les yeux
fixés sur le tableau toujours présent
de mes misères, passant de l'une à
l'autre, et l'examinant dans ses moin-
dres détails; prenant, pour ainsi dire,

à tâche de les grossir, afin de m'épou-
vanter... Ah! que ces journées étaient
longues et pénibles!...

Mais la nécessité, toujours attachée
aux pas des malheureux, s'offrait à mes
regards, hideuse et menaçante. Je ne
pouvais envisager, sans frémir, les sales
haillons et les joues caves de cette mé-
gère impitoyable. Le travail se pré-
sentait comme unique ressource, et
j'étais fatigué, ennuyé du travail, comme de tout le reste.

Il fallait bien surmonter mon dégoût; car on ne compose pas avec la
nécessité. J'essayai, espérant d'ailleurs,
par ce moyen, prêter des ailes au temps
et me débarrasser, pour un moment,
de ces idées importunes et désespéran-
tes, qui m'obsédaient, me tourmen-

taient pendant les longues heures
d'inaction et d'ennui. Je mettais la main
à l'œuvre ; mais à peine avais-je commencé, que, rassasié de travail, je
jetais ma bêche avec dépit, et me laissais
tomber au pied d'un arbre. Alors toutes
les idées que j'avais voulu fuir, semblables aux moucherons que l'on chasse,
revenaient m'assiéger en foule. Elles
se déroulaient à mes yeux, comme des
figures sinistres et effrayantes, sur un
voile sombre, dont je me sentais en-
touré ; et à travers lequel il me semblait
entrevoir dans le lointain des hommes
joyeux, qui couraient çà et là, des
jeunes filles qui dansaient, des enfans
qui jouaient et folâtraient.

    « Oui, pensais-je, pendant que je
» languis ici, misérable et abandonné,
» combien d'autres hommes, qui vont

» et viennent courant après la fortune
» ou le plaisir ; qui rient, chantent et
» se fêtent, s'inquiétant fort peu, s'il
» existe au fond d'un désert un mal-
» heureux, pour qui leurs heures de
» plaisir et de gaîté sont autant d'heures
» pénibles et mortelles ! Qu'ils sont
» heureux ! leur vie s'écoule comme un
» songe rapide, brillant, agréable ;
» ils touchent à la fin du jour, qu'ils
» se doutaient à peine y être entrés.
» Comment se fait-il que le soleil, si
» prompt à mesurer leurs journées,
» soit ici toujours lent et stationnaire ?
» Le temps n'est-il donc pas le même
» pour tous ?

» Autrefois pourtant, il y eut une
» époque de ma vie, où j'étais parmi
» eux, gai, content, aimant la joie.
» Mes amis et moi, nous ne songions

» qu'à nous réjouir, et les heures fu-
» yaient et volaient. Alors nous étions
» parfaitement semblables, à l'extérieur
» du moins ; toujours confondus et
» mêlés. J'étais homme comme eux,
» comme eux avide de bonheur. Voilà
» qu'un jour un monstre horrible, in-
» fernal, *la lèpre* a plané sur nos têtes
» dans la salle des réjouissances ; il lui
» fallait une victime. J'ai été choisi de
» préférence ; elle m'a marqué au front
» de son doigt impur. Alors j'ai été
» chassé avec horreur et mépris ; et
» *mes amis* ont tranquillement conti-
» nué leur festin et leurs danses.

 » Et sans cela, qui sait quel aurait
» été mon sort ? J'habiterais peut-être
» encore au sein de ma patrie, dans la
» maison de mes pères. Autour de moi,
» je verrais une épouse, des enfans,

» qui me respecteraient et m'aime-
» raient, sur qui je me plairais à verser
» toute ma tendresse ; chaque cri de
» mon cœur trouverait un écho pour
» lui répondre, et mes années s'écoule-
» raient tranquilles et enviées à l'ombre
» de la paix et du bonheur.... Oh !
» pouvais-je manquer d'être heureux ,
» j'aurais passé ma vie à aimer ?

» Et au lieu de tout ce bonheur ,
» que vois-je au tour de moi? Solitude ,
» indifférence.... Je ne sentirai jamais
» tressaillir mon cœur aux doux noms
» d'époux et de père ; je ne pourrai ja-
» mais aimer ; car les ressorts de ma
» sensibilité se sont usés sur un tom-
» beau !.... Et puis , qui voudrait d'un
» tel ami, qui voudrait d'un lépreux ? »

A la suite de ces idées , venait un
découragement total , un désespoir

morne, silencieux, concentré. A ce
tourment, venait se mêler quelquefois,
comme un remords, le souvenir d'un
Dieu vengeur, que j'avais outragé.
Alors mon imagination épouvantée se
troublait ; je me croyais déjà lancé
dans l'Eternité, et je m'écriais trem-
blant de terreur : jamais! jamais!

Faire un détail exact de tout ce que
j'ai ressenti, de ce supplice indéfinis-
sable, qui s'est répété uniformément
pendant une longue suite d'années,
c'est pour moi une chose impossible.
Mon imagination se perd dans cet ef-
froyable chaos d'ennui, de dégoût, de
désespoir, d'insensibilité, de tortures
morales et physiques ; oh! oui, physiques ; car au milieu de cette lutte
acharnée de sensations pénibles, la lèpre

ne dormait pas; elle fouettait de son côté, et, ce qu'il y avait de pire dans mon état, c'est que ces tourmens, tout cuisans qu'ils étaient, ne pouvaient me faire oublier la solitude.

Mon cœur était tout-à-fait passif; il se laissait frapper, déchirer, comme l'agneau que le victimaire égorge; mon esprit affaissé ne savait trouver ni courage ni consolation; ma raison presqu'éteinte était dégénérée en instinct. Je végétais, comme une brute, assis ou couché, marchant, murmurant, rugissant. Tous mes sens dormaient, mais d'un sommeil affreux.

Je sortis peu-à-peu de cette longue léthargie, et je sentis naître au fond de mon cœur un sentiment, un désir, d'abord vagues, indéterminés. Il m'ar-

rivait souvent en songe de me trouver
transporté dans un bosquet fleuri et
ombragé. Des groupes d'hommes s'ap-
prochaient de moi, avec un air d'intérêt,
et me demandaient qui j'étais. Alors je
les priais de s'asseoir sur l'herbe ; je leur
racontais mes malheurs, et ils parais-
saient touchés ; et ils me disaient, les
larmes aux yeux : « Pauvre lépreux ! »
O délices ! on me plaignait.... Mais en
me réveillant, je me disais avec amertume : ce n'est qu'un rêve !

Ces songes revenaient souvent ; alors
je pus m'expliquer le sentiment qui
m'agitait. Plusieurs fois d'ailleurs, en
plein jour, le moindre bruit entendu
au-dehors, me causait des battemens
de cœur extraordinaires. Que le vent
agitât une feuille pendant que je mar-
chais, et me voilà tout-à-coup, le regard

fixe, immobile, haletant : « S'il en
venait un ! » m'écriais-je dans l'ivresse
de mes désirs ; et j'attendais...... Mais le
vent cessait, la feuille se taisait, et je
me disais avec dépit : « Il n'en viendra
pas ! »

« Il n'en viendra pas ! ou ils ignorent
» qu'il languit un malheureux au fond
» de cette vallée déserte, ou l'indiffé-
» rence et l'horreur les écartent de
» ces lieux.... Eh ! si j'allais les trouver
» moi-même ; si je me présentais au
» milieux d'eux ; peut-être... Misérable !
» me criait la lèpre avec sa voix infer-
» nale, oublies-tu que je t'ai marqué
» au front ? »

J'étais atterré par ces paroles fou-
droyantes ; je me frappais le front de
rage : « Quoi ! je n'en verrai jamais,
» est-il possible ? Jamais !.. Je mourrai

» dans la solitude sans avoir été plaint,
» sans avoir arraché une larme ! » Et
pour augmenter mon tourment, cette
passion de sympathie grandissait et
s'excitait par les obstacles ; elle était
devenue un besoin, un besoin pressant,
tyrannique, irrésistible.

Et il fallait renoncer à le satisfaire !
Cette idée me déchirait, me mettait au
supplice.

Oui, c'en était un horrible ; et veux-
tu, lecteur, essayer de t'en faire une
idée ? Si je te représentais, dans un
cachot muré, un malheureux, aux
yeux égarés, aux joues pâles et creuses,
se débattant contre la faim qui le
ronge, bien assuré que les murs sont
impénétrables, et que c'est là son
tombeau ; voyant dans le lointain la
mort qui s'avance, mais à petits pas,

pour laisser prolonger son agonie; tu frémirais peut-être. Eh bien! figuretoi un état semblable, mais où c'est le cœur qui souffre, et qui a faim, et tu concevras mon supplice. C'était une véritable famine; c'étaient les mêmes déchiremens, les mêmes angoisses. Et moi, si loin que je portasse les yeux, je ne pouvais pas même entrevoir la mort, et je me disais désespéré: « Cette » agonie d'aujourd'hui se prolongera » demain, et au delà, et toujours!.... »

Mon habitation me devint odieuse et insupportable. J'étais dégoûté, quelque part que je fixasse mes regards, de retrouver ces lieux, toujours les mêmes, tous tristes d'aspect et de souvenirs, aussi fatigués de moi peut-être, que je pouvais l'être d'eux; car il n'y en

avait pas un , que je n'eusse assourdi de
mes cris. Comme je me serais empressé
de les fuir !... Mais un lien saint et sacré
m'y retenait encore ; ces lieux renfer-
maient la tombe où dormait ma sœur ;
et je me serais cru coupable de l'abandonner.

Il m'était impossible cependant,
agité comme je l'étais, de demeurer
tranquille dans ma hutte. Je ressem-
blais à ces fleuves grossis, trop à l'étroit
dans leurs limites , et impatiens de se
déborder dans les campagnes. Il me
fallait un vaste espace, des monts, des
vallées, où je pusse me débattre à l'aise
avec mon désespoir. Je me mis donc à
courir comme un insensé à travers les
montagnes ; y passant souvent des journées entières, oubliant la faim et la
soif, cherchant à m'oublier moi-même.

Je rentrais le soir dans ma cabane, harassé, n'en pouvant plus, et la fatigue m'endormait..... C'était du moins un moyen de me distraire.

Et puis, si dans mes courses, j'avais aperçu un troupeau dans le lointain, comme j'aurais couru de ce côté ! Le berger ne pouvait pas être loin; il serait passé; et moi, caché derrière un rocher, ou dans les branches d'un arbre, je me serais rassasié avec délices de cette vue. Mais j'avais beau courir, je ne voyais jamais ni troupeau, ni berger; ces collines étaient si sèches, si arides ! Leurs flancs nus et écorchés portaient un air de pauvreté et de misère qui faisait peine à voir : on eût dit que je leur avais donné la lèpre.

Alors je me pris au ciel de mon malheur, et je l'accusai de tyrannie:

« C'est un plaisir pour lui, me disais-je
» dans ma rage forcenée, quand il a un
» malheureux en vue, de le frapper
» coup sur coup, de le déchirer petit-
» à-petit, de déposer sur lui tout le fiel
» de sa haine. Que lui en coûterait-il au
» barbare, pour me laisser voir un
» homme, un seul? » Le ciel m'en-
tendit, et cette fois il m'exauça pour
mon malheur. Je ne lui en demandais
qu'un, il m'en accorda deux.

Un jour, je m'étais écarté plus qu'à
l'ordinaire; le soleil couchant me sur-
prit au fond d'un vallon assez éloigné de
mon habitation; et où je n'étais jamais
venu. Le premier mouvement me
porta à m'élever sur la montagne pour
me reconnaître; mais une fois arrivé au
sommet, la nuit était tout-à-fait noire,

et je ne voyais pas à deux pas de moi.

Il était inutile ou plutôt impossible d'aller au delà, à moins de m'engouffrer peut-être dans quelque précipice. J'avoue que je ne pus retenir un sentiment de terreur, en me voyant seul et perdu dans cet immense étendue d'obscurité, où mes regards s'abîmaient, comme dans l'infini ; où tout était horreur et silence ; où j'entendais seulement par intervalles, le bruit sourd d'un tonnerre lointain ; en songeant que c'était là qu'il fallait passer la nuit, dans un pays inconnu, sans armes pour me défendre des bêtes féroces, sans abri contre l'orage, qui commençait à gronder.

Tout-à-coup le vent souffla, et j'entendis, du côté opposé de la montagne, un bruit de feuilles qui s'agitent, mais un bruit épais, vaste et très-rapproché. Il y avait donc un bois à peu de distance, sur le penchant de la colline. Cette idée me rassura. Je me dirigeai de ce côté, sondant le terrain et marchant à tâtons.

Une fois entré dans le bois, je m'ar-rêtai au pied d'un gros arbre : « Ici, peut-» être, je serai un peu à couvert sous ces » branches. » Une idée me frappa ce-pendant : « Si, pendant mon sommeil, » quelque animal carnivore...Eh ! qu'il » vienne ! Après tout, il ne fera que me » délivrer d'un fardeau qui me pèse !..» Et je me couchai.

Cette nuit je fis un rêve.

C'était le jour de l'an. Nous étions ma petite sœur et moi (je n'avais que sept ans et elle cinq) auprès du lit de ma mère, qui dormait encore; nous attendions l'instant de son réveil.

Nous nous tenions par la main, gardant un silence religieux, respirant à peine, de peur de l'éveiller; immobiles, et les yeux fixés sur cette figure de douceur et de bonté. Au moindre mouvement, nos cœurs battaient; je sentais la main de Marie qui pressait la mienne.

Cette petite Marie, avec sa petite robe blanche et sa ceinture rose, avec ses cheveux dorés, son air enfantin, quelle jolie miniature! Je me trouvais heureux de l'avoir pour sœur, et je souriais de joie à côté d'elle.

Notre mère s'éveilla; alors je lui lus un *compliment*, comme nous l'appelions, que j'avais fait moi-même: les premiers mots qu'eut tracés ma main ,

sous la dictée du cœur. Ma voix trem-
blait en lisant.

Maman nous ouvrit les bras, et nous
nous y précipitâmes. Comme elle était
émue! Elle pleurait cette bonne mère:
« Pauvres enfans, nous disait-elle, que
» le ciel vous bénisse en faveur de votre
» tendresse! Oh! vous serez heureux...
» Vous êtes si bons fils!.... »

Et puis, comme par enchantement,
je me suis trouvé dans un salon brillant,
plein de bruit et de lumières. J'étais fêté
et caressé par tout le monde; c'était à
qui me donnerait le plus de bonbons,
à qui me dirait le plus de ces choses
agréables et flatteuses qui chatouillent
si bien le cœur des enfans. Pourtant, je
les écoutais sans plaisir, et je ne ré-
pondais pas à leurs caresses. Il y avait

dans leurs manières empressées, un
certain air d'affectation mal déguisée
qui me choquait; il me semblait qu'ils
se moquaient de moi, et ne pouvant
faire autre chose, je boudais, je leur
montrais toute ma répugnance, pour les
écarter. Mais eux, ils faisaient semblant
de ne s'apercevoir de rien, et ils me
caressaient malgré moi.

Ensuite ma mère est sortie de l'appartement; je l'ai vue sortir avec peine.
Je voulais la suivre; ils m'en ont
empêché.

Cependant les chants, les danses,
la musique continuaient; tout était
joyeux, excepté moi. J'étais triste et
inquiet dans un coin, seul, et comme
ignoré; car dès que ma mère avait
quitté le salon, ils m'avaient laissé là,
les misérables!

J'étais prêt à pleurer ; je voulus essayer d'appeler maman. Tout-à-coup les lumières pâlirent ; ils se levèrent tous, avec un geste menaçant ; leur physionomie était sombre et dure ; j'eus peur, et je fis un cri ; alors tous les flambeaux s'éteignirent à la fois ; et je m'éveillai.

Qu'on se figure ma surprise, en me voyant seul au milieu d'un bois frais et vert ; moi, dont le premier regard tombait tous les jours sur un mur grossier et noirci de fumée ; couché sous un arbre touffu, à travers les branches duquel mes yeux se reposaient sur un fond uni d'azur, de cet azur si beau, quand on est heureux !

Sortant d'un rêve, je me croyais transporté dans un autre. Je demeurai quelque temps sans pouvoir me rendre

compte de ce qui m'avait amené dans
ce lieu ; sans même chercher à me le
rappeler ; car mon imagination frappée
de ce qu'elle avait vu pendant le sommeil, ne pouvait se détacher de ce rêve.
Elle passait tour-à-tour de la chambre
à demi sombre du matin au salon
brillant du soir. Tantôt, au pied du lit
de ma mère, il me semblait encore
l'entendre, qui nous disait : « Vous
serez heureux. » Tu nous promettais le
bonheur, ô ma mère !... Si tu voyais ton
pauvre fils !

Et ces gens du salon surtout, aux
manières empressées, à la voix miel-
leuse, au cœur vénal, je ne pouvais
penser à eux sans indignation ; la fureur
fesait trembler mes membres. « Les
» misérables ! m'écriai-je, si je les voyais
» maintenant, je prendrais plaisir à les

» écraser, comme des vers de terre ! »

Et au même moment, par un sin-
gulier hasard, une musique champêtre
se fit entendre au fond du vallon.
« Encore une fête, grand Dieu !! »
Dans tout autre moment, cette ren-
contre m'eut rempli de joie, mais alors
j'étais indisposé contre les hommes ; je
me les figurais tous, comme ceux que
je venais de voir, méchans, faux,
intéressés.

Comme j'allais m'enfuir, un bruit
de pas se fit entendre à peu de distance ;
je m'arrêtai, incapable de faire un pas
de plus, tressaillant moitié de plaisir et
de fureur, agité, bouleversé. « Ils ap-
prochent, cachons-nous! » Et je me
jetai dans un tas de broussailles.

A mesure qu'ils avançaient, je sentais
les battemens de mon cœur redoubler

de violence; mes yeux ne pouvaient les apercevoir encore, que leur voix résonnait à mes oreilles, l'une tendre et molle, l'autre mâle, mais pleine de douceur. Ils parurent enfin, et le cri d'admiration s'arrêta sur mes lèvres. En vérité, c'était un beau couple! La joie et le bonheur brillaient sur leur visage. Ils m'auraient paru bien plus beaux, s'ils eussent été malheureux!

J'entendis le berger (je crois que c'en était un), qui disait à sa compagne : « Laissons-les rire et danser; tu » verras qu'ils ne s'apercevront seule- » ment pas que nous manquons à la fête. » Pourvu qu'ils aient des chants et des » jeux, que leur importe le reste? Mais » notre cœur a besoin de calme pour » jouir et s'épancher. Ne trouves-tu pas » que le tien était à la gêne, et comme

» étranger au milieu de ce joyeux tu-
» multe ? Oh ! la solitude est délicieuse,
» n'est-ce pas ? »

La solitude ! Il appelait cela la solitude !!....

— « Pourquoi m'interroger ? Tu
» sais bien que nos cœurs n'ont qu'une
» voix. Mais je suis bien fatiguée ;
» reposons-nous, je t'en conjure; tiens,
» sous ce gros arbre ; c'est le plus beau
» et le plus touffu. »

Ils s'approchèrent de l'arbre que je
venais de quitter.

— « L'herbe est foulée, reprit le
» berger, veux-tu choisir une autre
» place ? »

— « Qu'importe ; c'est quelqu'in-
» fortuné qui a passé la nuit ici, man-
» quant de gîte. Viens; pourquoi cette

» répugnance? La place d'un malheu-
» reux reste bénie. »

« Excepté celle du lépreux! » Je
prenais aussi part au dialogue, sans
parler.

Ils s'assirent.

— « Qui sait, continua-t-elle, ce
» qu'est devenu ce pauvre homme?
» Manquant de tout peut-être, il erre
» avec sa misère et son désespoir,
» pendant que nous nageons dans le
» bonheur. »

— « Laisse-là, je te prie, ces idées de
» tristesse. Soyons heureux, quand nous
» le pouvons. Le temps du bonheur est
» si court, pourquoi l'abréger? »

Voilà comme ils sont tous ces heureux! égoïstes et avares, même de leurs
pensées. Puisses-tu, homme au cœur
froid et resserré, avec le bonheur

prendre aussi la lèpre sur cette herbe que j'ai souillée! Je le lui souhaitais de bon cœur.

Et ils continuaient tranquillement leur entretien, comme si rien n'était; me prenant, pour ainsi dire, pour le confident de leur amour; ne me faisant pas grâce d'un mot. J'étais lassé de cette confidence; tous ces détails, sur lesquels ils s'étendaient avec tant de complaisance, pouvaient leur paraître pleins de charmes sans doute; mais moi... et moi, j'étais nul pour eux.

Ils affectaient d'étaler tout leur bonheur à mes yeux. Des baisers de feu, des caresses tendres, des paroles plus tendres encore! Présentez à un damné toute la félicité du ciel, pour aigrir son désespoir; et il vous donnera l'idée de ce que je souffrais à cette vue.

Tous les tourmens de l'enfer semblaient concentrés dans mon cœur. La jalousie me rongeait les entrailles, et il me prenait envie de troubler la fête.

J'étais plein de mauvais sentimens. Il n'y a rien, comme cette jalousie, pour faire du meilleur cœur un cœur de scélérat. Il me semble que je les aurais poignardés avec plaisir de ma propre main ; elle aussi, quoique plus compatissante ; pouvais-je lui pardonner son bonheur ?

Mais aussi, comme ils se plaisaient à prolonger mon supplice, à déchirer mon cœur en tout sens ; à enfoncer le poignard à petits coups. Tout mon sang bouillonnait d'impatience et de rage. Un mouvement m'échappa malgré moi, et je les entendis se dire : « Nous » ne sommes pas seuls ! »

« Non, vous n'êtes pas seuls, »
m'écriai-je en me précipitant vers eux,
et en leur montrant ma face hideuse !
« Il y avait près de vous, un être que
» vous n'y soupçonniez pas peut-être,
» et que vous avez martyrisé sans
» pitié. Mais tremblez, au milieu de
» votre bonheur ! Cet être est un lé-
» preux, et c'est lui qui a foulé l'herbe !..
» Oh ! vous avez beau courir, la lèpre
» s'attache à vos pas ; elle est tenace ! »

Et je ne les voyais déjà plus, que ma
malédiction volait après eux, que les
cris de la haine et de l'envie les pour-
suivaient encore. Enfin, les paroles me
manquèrent, et je demeurai atterré,
anéanti.

Mais les chants et la musique avaient
cessé ; mes cris étaient sans doute par-

venus jusqu'à eux , et ils allaient venir
vers moi. Je ne voulus pas exposer ma
laideur à leurs risées , je m'en fuis.

Je te quitte , lecteur ; je commence
aussi à te faire horreur peut-être.

———

Quelques années d'intervalle.

———

Aux portes de l'éternité , je viens
dire un dernier adieu à mes frères , car
je me suis réconcilié avec les hommes.
Quelques années m'ont bien changé.
Je ne suis plus maintenant l'homme de
la solitude , l'homme du désespoir ,
de la rage et du blasphème.
Si j'ai été seul si long-temps , c'est
que je l'ai bien voulu. Après la mort de

ma sœur, Dieu me tendait les bras comme un père. J'ai détourné les yeux, en l'outrageant : il m'a châtié avec sévérité, mais avec la sévérité d'un père, pour me faire revenir à lui. Du fond de l'abîme des malheurs, j'ai crié vers lui ; il a entendu ma voix, et le calme, sinon le bonheur, est rentré dans mon ame.

J'entends à ma porte la mort qui me crie : « Es-tu prêt ? » J'ai été trop malheureux ici-bas, pour ne pas mourir avec confiance. Cependant mes derniers momens sont tristes. Toujours seul ! Personne auprès de moi pour me fermer les yeux, quand je ne serai plus !

Je te conjure donc, ô toi qui trouveras et liras ces annales du malheur ;

si tu me plains, de réunir ces ossemens desséchés aux cendres de ma sœur. C'est là mon dernier desir; c'est la seule chose qu'en mourant j'exige de ta pitié.

Et maintenant, je dis à la mort : « Je suis prêt. »